Harald Werdowski

Traumfrau

Re Di Roma-Verlag

Harald Werdowski

Traumfrau

Gedichte

Re Di R

Bibliografische Information der Deutschen
Nationalbibliothek:
Die Deutsche Nationalbibliothek verzeichnet diese
Publikation in der Deutschen Nationalbibliografie;
detaillierte bibliografische Daten sind im Internet
über http://dnb.ddb.de abrufbar.

ISBN 978-3-86870-595-9

schlagillustration: Ahkka / photocase.com

.rediroma-verlag.de
95 Euro (D)

Inhalt

hoffnung

sanft drängt sich
vertrautes
zwischen uns
und unsere leiber
verschlingen den augenblick
der zweifel nährt

schweigen

matt ruht deine hand in meiner
sie zu drücken vermagst du nicht
ein zeichen zu geben geniere ich mich

es kommt eine zeit
in der die finger das schweigen
nicht länger ertragen
und pulsschläge
dem eigenen rhythmus folgen

allein

weit hat es mich aufs eis getrieben
der drang hinaus zu ziehn
wär stärker noch als all die hoffnung
die ich mir einst geliehn

längst ist der letzte tanz vorüber
am ufer gehn die lichter aus
in meiner brust ein bangen
wann endlich führt es mich nach haus

schmetterling

am anfang war das wort
als wir uns nahe kamen
tat jedes wort noch gut
als du gingst
wurden aus worten gefühle
die rissen mich hinab in tiefen
in die kein licht mehr dringt
ängste sprangen mich an wie ratten
nagend am müll aus vergangenen zeiten
und fraßen sich dicke bäuche an

am anfang war das wort
als du weit weg warst
flog etwas auf mich zu
und schwirrte an den gefühlen vorbei
die vor meinem herzen standen
wie traurig müde krieger
mit letzter kraft die verrosteteten schwerter haltend

am anfang war das wort
lange hörte ich nichts von dir
jetzt ein leichtes flügelschlagen
und nun sitzt er auf meiner schulter
ein schmetterling mit drei flügeln auf der linken seite
und raunt mit samtener stimme mir ins ohr
schaff die müden krieger beiseite
schaufle ihnen einen grab
erheb dich mit mir in die lüfte
und schau nie wieder hinab

traumfrau

letzte nacht
sah ich mich
in einem traum
eine frau umarmen
sie war mir vertraut
obwohl ich sie nicht kannte

je länger ich jedoch dich kenne
umso fremder wirst du mir

mich nach dir sehnend
verbrachte ich
schmerzliche tage
und nächte

als ich dich heute wiedersah
legte ich mein herz in deine hände
und gestand dir meine sehnsucht
dich zu sehen
zu berühren
und zu spüren

hierauf sagtest du
für sehnsucht
fehle dir die zeit

besser wäre es wohl
ich würde meine zeit
nicht damit verbringen

mich nach dir zu verzehren
und mir vorzustellen
du könntest mir so nahe sein
wie die frau
letzte nacht
in meinem traum

ohne erwartungen

ein sanfter strom fließt nun in meinem herzen
die wut der wellen ist gedämpft
vom ufer tönen milde klänge
vorbei die zeit da ich gekämpft

gar heftig war der kampf gewesen
den ich mit dir geführt
gefährlich nahe bist du mir gekommen
hast frühes leid in mir berührt

die eiseskälte die du hast verströmet
nach all den feuern in der letzten nacht
hat angst geweckt in mir dich zu verlieren
mit wut im bauch hab ich an dich gedacht

gedacht hab ich an dich drei tage und drei nächte
und meinte ohne dich käm ich nicht aus
verflucht hab ich den tag an dem du mir begegnet
und machte dir im geist schon den garaus

ich hab gelöscht dein licht in meiner seele
dann aber ging es wieder an
da hab ich mir gesagt ich lass es brennen
und schau es mir mit abstand an

nun seh dein licht ich in mir brennen
und freue mich an seinem schein
und weiß seit jenen letzten nächten
auch ohne dieses licht werd ich mir nahe sein

auf der suche

bevor im morgengrauen
die sonne sich gezeigt
hab ich mich aus dem staub gemacht
die stadt sie war mir nicht geneigt

im trüben licht der letzten nacht
sah ich noch einmal ihr gesicht
häuser autos hundekot
hier weiterleben wollt ich nicht

ringsum die menschen dieser stadt
sie sind halt wie sie sind
rau aber selten herzlich
und oft genug auch durch den wind

ein halbes leben habe ich
in dieser stadt verbracht
schönhauser kotti mauerpark
was hat mir das gebracht

von ost nach west die reise ging
das ganze dann nochmal zurück
nun will ich auf die suche gehen
nach unbekanntem und dem großen glück

vier jahreszeiten sind vergangen
seit ich mich auf den weg gemacht
das glück hab ich noch nicht gefunden
doch etwas hats mir schon gebracht

die ahnung dass am andern ufer
die glocken lieblich klingen
dem fremden der sich selbst nicht fremd
sollt mir das einst gelingen

auf tiefem grund

einst ging ich weg nach all den jahren
weg von dem ort der mir zu groß erschien
mal war er mit mal ohne mauer
das riesendorf es heißt berlin

drei sommer sind ins land gegangen
seitdem es mich hierher geführt
den fluss zu schauen bracht mir ruhe
mitunter war ich angenehm berührt

ich schau hinab zum schleusentore
der fluss strömt schön und grün und unentwegt
es strömt es tost es fließt das leben
am grunde etwas das mich tief bewegt

was ist es das mich immer wieder
im geiste in die tiefe steigen lässt
hinab zu jenem alten manne
der hier verbringt des lebens rest

seit langem ist es ihm beschieden
dass er hier unten vegetiert
allein und sehr verzweifelt
hat er so lange schon ins nichts gestiert

zuletzt hab ich den wunsch vernommen
dass er vor seinem tod
den grausig grund möcht gern verlassen
nochmals zu schaun das morgenrot

es treibt noch immer mich die frage
ists etwa das was mich bewegt
den tag gar freudig zu begrüßen
wenn sich der alte hat zur ruh gelegt

werd ich dann an der schönen grünen aare
wie auch immer und auch wo
befreit durch dieses leben gehen
ohne bange fragen und im innern froh

gezeiten der liebe

im sommer bin ich weg gegangen
nachdem sie sich von mir getrennt
nachts hörte ich die wölfe heulen
mitunter hab auch ich geflennt

allein bin ich gezogen
durch manches unbewohnte tal
hab mich im winter oft gesehnt
nach einem abendlichem mahl

nach einem mahl mit meiner liebsten
samt köstlich süßer wonnen
im ewigen strom der liebe
im land der tausend sonnen

doch hörte ich die wölfe heulen
des nachts jahrein jahraus
dass dies so ewig bleiben könnte
hielt ich in meinem kopf nicht aus

darin gedanken kreisten
um der liebe a und o
um zerstörte illusionen
um das glück das mir entfloh

es trieb mich immer weiter
in meiner misslich lage
ich stellte mir auf meinem wege
so manche schmerzlich frage

ich fragte mich weshalb ich bloß
mein glück gelegt in fremde hände
warum ich einst der frau vertraut
die sich dann von mir trennte

je länger ich des weges ging
der mir beschieden war zu gehn
umso besser lernte ich
mich selber neu zu sehn

ich sah den lauf der dinge
gleich einem strom der ewig fließt
der leid und qualen mit sich reißt
aus dem ein lichtstrahl sich ergießt

als ich durch wald und wiesen ging
es eines tages mir geschah
dass alle welt mir schien beseelt
und ich mir war sehr nah

so einig mit der welt und mir
sah ich im schönsten frühjahrsschein
ein holdes weib aus nächster nähe
gut anzuschauen und allein

wir kamen ins gespräch
es war nicht zu bestreiten
es gab genügend interesse
und das auf beiden seiten

recht bald kam man sich näher
und hat so manche nacht
gemeinsam voller freuden
beim liebesspiel verbracht

auch zwischen all den nächten
ward uns die zeit nie wirklich lang
ob auswärts ob zu hause
vernahmen wir der liebe klang

doch tönt der liebe glockenspiel
nicht allzeit auf die gleiche weise
mal klingt es laut und munter
dann wieder zaghaft leise

es ist nicht immer leicht
das gleichgewicht zu wahren
wenn es denn abzulegen gilt
gewohntes aus vergangnen jahren

aus jener längst vergangnen zeit
da ich die wölfe heulen hörte
hab ich zum beispiel die erinnerung
dass zeit mir reichlich noch gehörte

zeit die zunächst noch lang erschien
und die mit sehnsucht ich verbrachte
nach einer frau an deren seite
durchs leben ich zu gehn gedachte

die sehnsucht mit den jahren schwand
und es erstarb der wölf geheul
mit der zeit ich lernte umzugehen
allein zu sein war mir kein gräuel

die zeit war nunmehr gut gefüllt
mit dingen die mich reicher machten
die geist und seele nahrung gaben
und leichter mich durchs leben brachten

seitdem genieße ich´s allein zu sein
schön ist es aber auch mit dir
ich will mit freuden dir gehören
und zwischen allen freuden mir

gemeinsam am strand

ich schau dich an
und höre wie der wind
nach worten ringt
ich sehe den himmel über uns
ein traum in zartem blau
und weiß
es bedarf keiner worte
um in deinen armen
glücklich zu sein

ich schau dich an
und meine augen folgen
einem deiner haare
lang und golden
das sich in deinen mund
hineingeschmuggelt hat
und ich sehe
wie diesen von liebe
wunderschönen mund
ein lächeln umspielt
das alle freuden dieser welt
in sich vereint

ich schau dich an
und sehe die sandkörnchen
in deinem haar
und jedes einzelne
erzählt mir eine geschichte

von der ich nicht weiß
ist sie wahr
oder enthält sie nur das
wonach ich mich sehnte

ich schließe meine augen
und halte dich in meinen armen
zart und doch ganz fest
und zwischen zwei küssen
steigt ein gefühl in mir auf
das so alt ist und so neu
wie sämtliche geschichten dieser welt

nachts im radio

null uhr einundvierzig
im kongo wütet wieder krieg
gemeldet werden neue opfer
nicht bekannt die toten bis zum sieg

vergebens suche ich musik
die mich aus raum und zeit erhebt
stattdessen hör ich immerzu
wie diese welt am abgrund schwebt

ob kongo ob afghanistan
ob ein uhr fünf ob drei uhr drei
schüsse fallen unaufhörlich
die nacht ist längst noch nicht vorbei

wie tief wird noch die reise führen
hinab in dunkle höllenkreise
bevor die waffen werden schweigen
und friede kommen wird ganz leise

reise zum ursprung

in gedanken
reisen wir zum ende des universums
um irgendwann festzustellen
dass wir uns auf dessen ursprung zubewegen

manche nacht
gehen wir zu bett
mit dem gefühl
uns keinen millimeter bewegt
dafür jede menge zeit
vertan zu haben

an tagen
an denen uns alles gelingt
kommen uns nicht fragen
nach raum und zeit
es kommt uns nicht der gedanke
mal wieder eine reise zu machen
die uns aus den niederungen des alltags herausführt
aus der enge unserer gedanken
deren netz wir selbst gesponnen haben

im moment
in dem ich mich nicht hinterfrage
ob ich alles richtig gemacht habe
ich mich nicht länger frage
wer ich bin und woher ich komme
ich einfach so sein kann wie ich bin

und den dingen die bedeutung lasse
die ihnen zukommt
in jenem moment
fliege ich in gedanken
ans ende aller zeiten
hin zum ursprung
jenseits aller gedachter formen
und ersehnter wirklichkeiten

traum&wirklichkeit

einem afghanischem bauern
verbluten seine kartoffeln
weil es zu lange schon
nicht mehr geregnet hat

ein bürgermeister ist verdammt zu kotzen

zwei träume nur
noch dazu von verschiedenen menschen geträumt
was haben die träume mit diesen menschen zu tun
was die menschen miteinander
und was schließlich die wirklichkeit
mit dem geträumten

in afghanistan sterben menschen
damit handelswege frei gehalten werden

in einem brandenburgischem kaff
stellt sich ein bürgermeister das dritte mal zur wahl

wäre der afghanische bauer vielleicht glücklicher
würde er anstelle der kartoffeln mohn anbauen

wäre der bürgermeister eines brandenburgischen kaffs
möglicherweise zufriedener
würde er in ruhe angeln
anstatt sich von mißgünstigen bürgern anfeinden zu
lassen

wie interpretieren wir träume
wie erklären wir uns handlungen
von menschen
mächtigen
wie ohnmächtigen

was habe ich zu tun
mit dem leid eines afghanischen bauern
oder mit blutigen kartoffeln
und was meine freundin mit einem
kotzenden bürgermeister

wir könnten es uns leicht machen
ich könnte mir sagen
zum glück hat meine freundin nicht vor
bürgermeisterin zu werden
zum glück bleibt es mir erspart
blutende kartoffeln zu essen

ob blutige träume
oder gekotzte wirklichkeit
ob freigeschossene handelswege
oder brechreizerzeugender provinzmief
ob kotzende afghanische bauern
oder blutende bürgermeister

vielleicht hat zum schluss
einiges mehr miteinander zu tun
als uns lieb ist

heimatlos

heimat
hat mal jemand gesagt
ist dort
wo man sich nach dir erkundigt
heimat
so sagt man aber auch
hat mit deinen wurzeln zu tun

wenn du aber getrennt bist
von deinen wurzeln
hast du nur noch die
die sich nach dir erkundigen

was aber
wenn du dich nicht heimisch fühlst
dort
wo die sind
die sich nach dir erkundigen

was aber
wenn du dort sein möchtest
wo es dich gerade hinzieht
und wo sich niemand nach dir erkundigt

was aber
wenn sich irgendwann
niemand nach dir erkundigt
egal wo du gerade bist

weil du immer nur
dort sein wolltest
wo es dich gerade hinzog

was dann

nachts auf 25.2

hier
wo sich höllenkreise schließen
öffnen sich mir die augen

wenn auch nur eine einzige
schlecht gelötete schaltstelle
im hirn dieser menschen ausreicht
um sie in ewige schatten
versinken zu lassen
in gefilde
wo sich ihre seelen
schreiend und tobend begegnen
und quälendem elend fliehen wollen
wie froh sollte ich sein
wenn ich nach getaner arbeit
morgens in wohlverdienten schlaf gleiten darf
meinen kopf auf weichem kissen gebettet

nacht für nacht
tun sich mir abgründe auf
wenn ich allein bin
mit diesen von dunklen mächten gequälten seelen
und zwanghaftes schreien
die nächtliche stille zerreißt

fünfzehn schicksale
rechts und links des korridors
hinter türen

deren klinken manchmal abbrechen
und den zutritt verhindern
zu regionen
in denen sich geist und seele verlieren

einer den es erwischt hat
bekommt zigaretten zu fressen
rationiert
weil man nicht möchte
dass er vollgeregnete aschenbecher leersäuft
ein anderer frisst nachtfalter
und säuft essig aus der flasche
während eine patientin sich unablässig
mit dem knie
gegen die schon längst blutende stirn schlägt

fünfzehn schicksale
berührend
finsteren mächten ausgeliefert
man möchte nicht in alle winkel des elends schauen

nacht für nacht
halte ich es
zwischen lauthals eingeforderter zuwendung nur aus
indem ich fernsehe
dann fühle ich mich nicht so einsam
und die zeit zwischen quälenden geräuschen
vergeht schneller

je länger ich mich allerdings der welt
die mir entgegenflimmert
widme
umso klarer wird mir
dass wir in parallelwelten leben
und dass der wahnsinn
der da draußen tobt
in keiner weise jenem nachsteht
dem ich hier drinnen ausgesetzt bin
und ich muss schauen
dass ich inneren abstand halte
zu jenen da draußen
als auch zu denen hier drinnen
will ich mir nahe bleiben

leben

beim klang
wunderschöner musik
füllt sich dein herz mit wehmut
und du weißt nicht
wie dir geschieht

du schaust in den spiegel
und siehst all die spuren
die vom leben
dir ins gesicht geschrieben sind

du fühlst tränen auf deiner haut
sie erinnern dich
an begegnungen
in denen du weit fortgetragen wurdest
von dir und was dir an gewohntem lieb war

du schaust in den spiegel
und dein leben zieht vorüber
als eine folge wechselvoller ereignisse
ein reigen vergeblicher mühen
und verwegener neuanfänge
aber auch erkenntnissen
die dich dir näher brachten
als dir jemals möglich schien
und es drängt dich weiter zu gehen
bis zum ende des schattens
der erwächst aus zweifel und hader

mit dem klang
der wunderschönen musik
ergreift dich ein gefühl von leichtigkeit
und du streifst sehnsucht ab
wie ein hemd
das vom vielen tragen
nur noch aus löchern besteht

der mensch in raum&zeit&ewigkeit

nichts was nicht wiederkehren würde
in unfassbarer ewigkeit
nichts was verborgen bleiben könnte
im strom von lust und freud und leid

nichts was nicht umzukehren wäre
so der wille dazu frei
nichts was nicht neu erfahren würde
was immer das ergebnis sei

nichts was den menschen hindern sollte
zu leben den moment in leichtigkeit
befreit vom ewiglichem zwange
siegreich zu sein im kampf um raum und zeit

das rad des seins sich ewig dreht
der mensch darinnen sich erkennt
bestimmt ists ihm sich daraus zu erlösen
dass nichts von seinem selbst ihn trennt

das bronx

wenn mir des nachts die sonne scheint
der mond mir noch dazu ein lächeln schenkt
tut es nicht weh mich zu erinnern
welch kräfte einstmals mich gelenkt

ich stehe vor dem spiegel
schau ohne furcht hinein
und sehe jene finstren geister
vergangner zeit im düstern schein

ich seh um mitternacht mich schwirren
ins bronx wohin es jede nacht mich führt
ins schattenreich getriebner seelen
zum ort an dem zu weilen mir gebührt

ein blick in schöne augen
musik die sehnsucht schürt
vorm nächsten tanze ein tequila
mich in den reigen der versuchung führt

tänzer drehen sich im kreise
schütteln sich im takte der musik
füße stampfen wild im rhythmus
mit dem ich mit muss bis zum nächsten kick

eine tänzerin gefällt mir
unsre blicke kreuzen sich
verheißungsvoll ist ihre nähe
ein prickelnd strom durchflutet mich

nach einer serie von tänzen
lad ich die schöne ein zum drink
dass sie mir willig folgt sodann
seh ich als schicksalswink

doch kaum hat sie das glas geleert
winkts aus dem hintergrund
ein mann tritt aus dem nichts heraus
macht seinen status locker kund

sie küssen sich die lady und ihr lover
und brechen auf zum nächsten tanze
sie raunt mir zu hey sei nicht sauer
es geht nicht immer gleich ums ganze

so ganz und gar geplättet
helf ich den nächsten drink mir ein
und sage mir nicht ohne wehmut
mal wieder hatte es nicht sollen sein

mit jedem drink welch grausen
kommt ein finsterer gesell hinzu
es schnürt mir als der morgen graut
mein herz und meine seele zu

hinaus ins freie ich tret blinzelnd
die lady ist schon längst gegangen
ich folge zögernd meinem schatten
in einem bösen traum gefangen

nach hause kann ich so nicht gehen
mit all den finsteren gesellen
so taumele ich ins wiener blut
es folgt das elend mir in wellen

als sich der sturm dann hat gelegt
spült es mich weiter ins villon hinein
ein joint macht gerade noch die runde
bevor der ausgeht sage ich nicht nein

damit das elend mich nicht anspringt
nehm ich noch eben´nen absacker
sag ciao dann in die runde
und mache mich vom acker

zu hause wartet schon die meute
sie giert nach meinem blut
ich rauche einen letzten joint
und lösche dessen glut

ich lösch die glut in meinem herzen
die meute trollt sich nun
ich schließe meine augen
und möcht für immer ruhn

lang hielt die augen ich geschlossen
auf meinem weg ins neue leben
die finstren geister sind verschwunden
die lady muss ich mir mitnichten geben

wenn mir des nachts die sonne scheint
der mond ihr lächeln reflektiert
so weiß ich dass mein leben
künftig seinen sinn nicht mehr verliert

wo geh ich hin

im namenlosen niemandsland
geh ich und geh und geh
auf stillen pfaden les ich spuren
vom ewigen fernenweh

einst ging ich weg in finstren zeiten
aus ungeliebtem engen land
sah seltsam fremde zeichen
gemalt am wegesrand

die herrn der lüfte über meinem haupte
ziehn spähend ihre kreise
ich folg dem strom zur quelle führend
auf meiner langen reise

auf steinig gratig wegen
die mich in luft´ge höhen führen
lausch ich geheimnisvollen klängen
die tief an meine seele rühren

ich schau hinab in tiefe gründe
über mir das blaue firmament
der blick sich langsam hebet
zum fernen land vom horizont getrennt

das land in dem die träume leben
und wo das licht geht nie mehr aus
das land wo grenzen sich auflösen
das land in dem ich bin zu haus

berlin alexanderplatz

touristen punks und krishna jünger
saturn und reichlich bratwurst außer haus
geiz ist geil eh alter haste mal nen euro
der noble mensch nimmt hier reißaus

wind treibt mühsam atmend
polkaklänge vor sich her
in betonierter grauer wüste
einsam tanzt der hauptstadtbär

zum ausverkauf gibts von der stange
stoff der nationalen volksarmee
der große bruder wird gleich mit verhökert
bruderschaft tut heut mitnichten weh

es dreht das rad der zeit sich weiter
menschen treffen sich und gehn
die weltzeituhr bleibt unerklärlich
als treffpunkt nummer eins bestehn

ich stell mir vor ich träfe meine liebe
nach langen jahren des verlorenseins
hinauf zum fernsehturm wir führen
in die zeit als wir noch waren eins

von oben sähen wir die dinge
kleiner als sie einstmals schienen
ohnmacht enge und no future
allzeit dem vaterlande dienen

träf ich die liebe heute wieder
zwischen punks saturn und geiz ist geil
ließ ich vom winde mich hoch tragen
zum tanz mit ihr auf einem seil

in deinen träumen wirst du sterben

durch das leben führt es dich
und du weißt nicht wohin
halte dich fest am stab der zeit
gehe mit dem was du hast
schweig zu dem was du nie besitzen wolltest

achte auf deinen schatten
lösche das feuer des stolzes in deinen augen
hüte dich vor deiner eifersucht
die dich einsam macht

singe wenn der wahnsinn
schatten wirft
und nornen im rausch
blutlinien ziehen
singe wenn der himmel
in aller herrlichkeit
wolken treiben lässt

tanze wenn der tag zur neige geht
und eine betörende melodie
in deinen ohren klingt
tanze solange deine füße dich tragen

in deinen träumen
wirst du sterben noch in dieser nacht
girlanden schmücken den raum
der dich größer werden lässt
so blutest du und schweigst

klar wird das licht sein
das dich am morgen durchflutet
und dir den weg
zu deinem herzen zeigt

sing mir das lied vom leben

flieg blauer vogel flieg
du kennst dein ziel
oh könnte auch meine liebe fliegen
und ich mit ihr
nicht länger sähe ich
in ihren augen meine vergangenheit
nicht länger stünde auf ihrer stirn geschrieben
was die zukunft bringen sollte

sing mir
blauer vogel
sing mir das lied vom leben
sing mir wer ich bin

geborgen sein

was zählen die innigsten umarmungen
was ist die süßeste verheißung noch wert
wenn die tür ins schloss knallt
und die geliebte geht

was machst du mit all den illusionen
die dich genährt haben
und dich glauben ließen
die licbe sei dazu da
dir geborgenheit zu geben
und die zuversicht
dies möge ewig so bleiben

was hilft all das jammern
wenn du verlassen bist
und verloren in der welt
allein mit der sehnsucht
die sich nicht stillen lässt
wie ein ewig durstiges kind
mit gedanken gleich fledermäusen
die die orientierung verloren haben
wie ein fisch an der angel
bevor er ins wasser des lebens
zurückgeworfen wird

hab erbarmen
oh hab erbarmen mit dir
umarme die dunkelheit

liebe die geister der nacht
und spüre
wie fernab fiebriger erwartung
etwas in dir reift
das dir im licht des neuen tages
das gefühl gibt
in dir geborgen zu sein

leben&tod

phänomenalerweise hat der tod
verschiedene gesichter
mal kommt als henker er daher
nicht selten auch als richter

zuweilen kommt er aber auch
als lange schon bekannter
als alter treuer freund herbei
als ein von gott gesandter

das leben wird recht oft empfunden
als langer aussichtsloser kampf
als großer hexenkessel
darinnen wütet heißer dampf

für andere bedeutet leben
ein ewig wunderbares spiel
das immer wieder spaß bereitet
bis hin zum allerletzten ziel

das leben und der tod fürwahr
bedingen gegenseitig sich
entweder ist dies annehmbar
im andern falle fürchterlich

der tod vollendet schließlich das
was uns vom leben ward gegeben
er setzet lediglich noch fort
was wir gemacht aus diesem leben

blick hinter den spiegel

blicken wir in den spiegel
sehen wir das gesicht
das wir der welt zeigen

wir zeigen uns der welt
als träger von masken
die danach trachten
im rechten licht gesehen zu werden

mit unseren sinnen
nehmen wir die welt wahr
und denken
dass sich uns
der sinn der welt
offenbare

vielleicht würde sich uns
könnten wir hinter den spiegel schauen
eine welt zeigen
die uns ihr innerstes offenbart

wie die blüte
die sich im lichte entfaltet
wie die liebe
die sich ihrer sicher ist

die welt des k.

auf krummem gepanzerten rücken liegend
die verstummelten beinchen
hilflos in die höhe gestreckt
beginnt der tag
von dem er nicht weiß
ob er ihn überstehen wird
im kreise seiner familie
der er nicht fremder sein könnte

auf das urteil des prozesses wartend
das unheilvolle
unanfechtbare
längst beschlossen in staubig trockenen amtsräumen
leidet er dem moment entgegen
in dem sich für ihn ein fenster öffnete
und jemand ihm zuriefe
es sei alles nur ein versehen

doch es ist kein versehen
und im innersten weiß er es
ebenso wie der türsteher
vor dem tor des gesetzes weiß
dass der mann vom land
irgendwann nicht mehr
daran glauben wird
durch das tor ins innere des gesetzes
eintreten zu dürfen

die welt des k.
ist wie der strand
an dem der blick aufs offene meer
versperrt bleibt
weil nur noch schilder zu sehen sind
auf denen das urteil geschrieben steht

es lautet
unheil droht lebenslänglich

und selbst lebenslänglich
ist nicht garantiert

kampf in einsamer höhe

in der klaren kalten luft der berge
hoch über den niederungen
alltäglichen gemeinen handelns
hat er sich seine festung erbaut
unzugänglich
und schroff in den himmel ragend

hier wähnt er sich
als hüter der schwelle
zum reich ewiger herrlichkeit
in das allein
die gerechten berufen sind
einzutreten

doch unterhalb des felsens
auf dem seine festung steht
drängen schon jene
die in den augen
des selbsternannten hüters
nicht würdig sind
des reiches der herrlichkeit

ob er will oder nicht
er muss sich dem kampf stellen
er muss sich mit den
gemeinen messen
und es wird sich zeigen
ob er imstande ist zu überleben

und mit ihm das bild
das er von der welt hat

glaube wahrheit&einheit

wie soll ich dir glauben
was du siehst
wenn ich nur sehe
was ich glaube

wie soll ich dir erkären
was wahrheit ist
wenn ich davon ausgehe
dass wir die welt ohnehin
verschieden sehen

wie soll ich dir beschreiben
was einheit ist
wenn ich in deinen augen die angst sehe
mich zu verlieren

was wäre es wert
sagte ich dir
dass wahrheit und einheit eins sind
und sich dem zeigen
der reinen herzens ist
solange zwei seelen in meiner brust wohnen
die sich wie kampfhähne aufführen

könnte ich mit dem tod tanzen

könnte ich das kind im mir spielen lassen
wenn der ernst des lebens
unerträglich zu werden droht
müsste ich nicht unter brücken stehen
und die angst
dem leben nicht gewachsen zu sein
aus mir heraus schreien

könnte ich mit dem schmerz umgehen
wie mit einem alten bekannten
der mich daran erinnert
was mir fehlt um glücklich zu sein
müsste ich nicht deiner harren
um sicher zu sein
dass ich nicht allein bin auf dieser welt

könnte ich mit dem tod tanzen
wie mit einem boten
aus einer welt die ich nicht fürchten muss
müsste ich nicht am brunnen weilen
und aus angst zu verdursten
mich vergewissern
ob genügend wasser in ihm sei

könnte ich das leben verstehen
als einen unablässigen reigen
verheißungsvoller versuchungen
und erkenntnissen die geboren werden um zu sterben

müsste ich nicht bis ans ende der welt gehen
um herauzufinden
worin der sinn des lebens besteht

muss ich mit dir streiten

muss ich mich unaufhörlich
in langen dunklen korridoren aufhalten
wenn rechts und links
türen zu zimmern sich öffnen lassen
in denen geheimnisse des lebens
darauf warten entdeckt zu werden

muss ich immerzu
über den dächern der stadt fliegen
wenn der alltag
unten
mir zeigt wer ich wirklich bin

muss ich auf allen hochzeiten tanzen
wenn zu hause
ein buch auf mich wartet
in dem all das steht
wonach im moment
mein geist dürstet

muss ich auf einem siegreichen löwen reiten
um heraus zu finden
dass es mir nicht darum geht
glanzvoll als erster ins ziel zu kommen

muss ich mit dir streiten
über den sinn des lebens
wenn wir uns einig sind
dass letzlich der glaube uns im tod vereint

muss ich bis ans ende meiner tage
verse schmieden
in denen ich wohl nie
zum ausdruck brächte
wie es wäre
eins in allem zu sein

weg aus der kälte

als der wind aufheult
wie wenn ein rudel wölfe hinter mir her wäre
hält mich nichts mehr im haus

ich stürze hinaus
und suche
taumelnd
den weg im dunkeln
der mich wegführen soll
aus der enge ratlosen verharrens

zurück lasse ich mein spiegelbild
an das ich mich schmiegte
während tausend pfeile
an meinem herzen vorbeiflogen

im inneren der sonne
herrschen bis zu fünfzehn millionen grad kelvin
und ich frage mich
wie ich es aushielt
mit den millionen menschen
innerhalb der mauern dieser stadt

die hölle ist kalt
doch kein mensch muss glauben
sie sei ewig

ohne dich

ohne den tod allgegenwärtig
wäre das leben ein traum
ohne den menschlichen geist fürwahr
gäb es nicht zeit noch raum

ohne den atem lebensspendend
wäre der mensch dem tode geweiht
ohne des schlafes heilsame wirkung
fiel er aus raum und zeit

ohne die vielfalt der worte
gesprochen und geschrieben
wäre der mensch für alle zeiten
ein wesen in höhlen geblieben

ohne den betörend klang
von menschen musizierter töne
wäre das sein nicht so lebenswert
für gaias töchter und söhne

ohne deiner stimme klang so warm
wär mir nicht so wohl in meinem herzen
ohne deine kapriolen allerdings
hätt ich auch weniger schmerzen

ohne deine augen schön
wie tiefe klare seen
würd ich mich garantiert
ein wenig anders selber sehn

ohne deinen mund so süß
mit den geschwungnen lippen
wär´s mir nimmerzu vergönnt
vom liebessaft zu nippen

ohne dich zu lieben
bliebe das leben ein traum
ohne die liebe zu leben
hätte der tod viel raum

fliegen

in luftiger höhe
dreht ein adler seine runden
scharfen blickes späht er ins tal

sehenden blickes
stürzt ein mensch
sich kopfüber
von einem felsen

nichts hält ihn auf
und bewahrt ihn
vor dem aufprall
nicht einmal der zephir
jener sagenhafte milde auffangende wind

für manches geschöpf ist der drang
sich fallen zu lassen
größer als der hunger nach leben

nichts hält den könig der lüfte auf
spähend seine runden zu drehen
über dem tal
in das der mensch sehenden blickes
kopfüber sich stürzt

für manches geschöpf
ist der drang zu fliegen
größer als der hunger seiner brut

ballade von der unmöglichkeit zu bleiben

einst trieb es abwärts ihn vom berge
in die stadt durchs große tor
direkten wegs zum schlosse schritt er
stand wenig später dann davor

der herr darin empfing ihn selber
reicht ihm zum gruße seine hand
und ehe sich der gast versah
erschien ein junges weib galant

die edle dame war wahrhaftig
die attraktion des schlosses
den gast begrüßet sie mit anmut
der seinerseits genoss es

der gast war sterndeuter
poet dazu und feiner geist
frauenherzen ließ er höher schlagen
auch war er weit gereist

vor kurzem führte es ihn nun
in diese abgeschiedene region
als astrologe wollt er dienen
dem herrn des schlosses dem baron

der mann tat exzellente arbeit
bekam dafür nicht wenig lohn
dass er auch sonst noch war recht emsig
blieb nicht verborgen dem baron

recht bald dem herren innewurde
wie es der deuter gut verstand
nicht nur die sterne zu erklären
recht heikel und auch sehr gewandt

ganz allgemein und im speziellen
mit liebeskunst dies hatt´ zu tun
das herz der edlen dame zu gewinnen
ließ diesen feingeist nicht mehr ruhn

der sommer kam mit voller wucht
das herz der dame stand in flammen
der herr des schlosses war geneigt
den astrologen zu verdammen

dass er´s nicht tat lag lediglich
nur daran dass er sehen musste
so glücklich war die junge frau noch nie
er nicht mehr richtig weiter wusste

der schlossherr konnt sich nicht entschließen
den astrologen fortzujagen
der mann tat seinen dienst sehr gut
die sterne zu befragen

so ließ er beide zu sich kommen
um ihnen dies zu sagen
ich will euch meinen segen geben
ihr sollt den bund fürs leben wagen

die braut fiel um den hals ihrm liebsten
auch der war sehr gerührt
in ihm der dichter und geliebte
warn außerordentlich berührt

die hochzeit sollt gefeiert werden
noch vor dem erntefest
den zeitpunkt festzulegen
sah man als deutungstest

dies tat der astrolog auf beste weise
wie er die kunst auch sonst versah
und als er dieses werk beendet
fühlt er sich seinem glücke nah

doch gab es etwas das er wissen musste
etwas aus tiefstem herz ihn trieb
es wuchs der drang in ihm es zu erkunden
ihm wenig zeit noch übrig blieb

es war gar ungeheuerlich
was ihm zu ohren ward gekommen
zu denken gab ihm mehr und mehr
was er im schlosse hatt´ vernommen

so macht er auf den weg sich bald
der ihn in einen kerker führt
durch modrig dunkel lange gänge
die brust es ihn zuschnürt

der wärter den er gut entlohnet
tat ihm dann auf die türe
gestank ihm hier entgegenschlug
von offenem geschwüre

nach einer weile sah er ihn
ein bündel haut und knochen
aus höhlen seine augen schauten
mit letzter kraft kam er gekrochen

er hört das häufchen elend fürderhin
mit schwacher stimme sprechen
des schicksals grund sei seine tat
geahnt als schreckliches verbrechen

es sei jetzt zwanzig jahre her
da es ihn überkommen
es war der steilste liebesgipfel wohl
den er hatt′ je genommen

der ort des amourösen treibens war
das schloss des herrn baron
dort war er sterndeuter lange jahre
und kriegte guten lohn

dies hätt an sich genügen sollen
doch schuld war die avance
der frau baronin die ihn jäh gebracht
aus seiner geistigen balance

es war sein letzter frühling
den er in freiheit hatt´ genossen
nachdem sein treiben ruchbar wurde
ward scharf auf ihn geschossen

man warf ihn in den kerker
die frau baronin auch
jedoch der herr wies an sie zu entlassen
weil etwas wuchs in ihrem bauch

das resultat der unvollendeten romanze
wars was sie drückte unterm herzen
am heiligabend bracht sie dann
ein mädchen auf die welt mit schmerzen

das nahm man ihr und jagte sie
davon mit schimpf und schande
versehen mit dem nötigsten
aus ihrem heimatlande

das einzige das schließlich man
von ihrem schicksal hatt´ vernommen
dass sie vor lauter kummer hat
das leben sich genommen

dem gast ward durchaus plümerant
als er dies hören musste
und letzte zweifel fielen ab von ihm
er restlos das geheimnis wusste

es war jetzt offenkundig
ihm war nun sonnenklar
dass dieses häufchen elend
der vater seiner liebsten war

gerührt von dessen schicksal
drückt er ihn an sein herz
fühlet in tiefster seele
um dessen lebensschmerz

der wärter drängte mittlerweile
der gast er sollt nun gehen
der alte ihn zum abschied bat
die tochter einmal noch zu sehen

mit schwerer brust der freie mann
kehrte zurück ins schloss und bat
den herrn alsdann noch darum
dem alten zu erweisen gnad

der fuhr ihn an mit donnernd stimme
wie könnet ihr es wagen
mit solch impertinenz
mir diesen unsinn vorzutragen

es wütet weiter der baron
in höchstem maße indigniert
verlasset auf der stelle diese stätte
der dienst sei hiermit euch quittiert

sodann er ordnet´ zügig an
kontakt zu unterbinden
so dass das brautpaar für sein glück
ein hindernis müsst überwinden

fürs erste schien das hindernis
größer als die liebe noch zu sein
der mann ward aus dem schloss gewiesen
und durft nie wieder dort hinein

wartend auf dem berg erhielt er
von der braut kein lebenszeichen
gedanken unheilvoll und düster
wollten aus seinem kopf nicht weichen

nach einer woche endlich nachricht
der brief enthielt nur wen´ge zeilen
er solle heut um mitternacht
zu den drei eichen eilen

als sie im mondenschein sich trafen
lagen sie sich in den armen
es schien wie wenn die götter hätten
mit ihnen nun erbarmen

er tat ihr kund in aller kürze
was ihren eltern widerfahren
umgeben von des schicksals finsternis
in all den düstren jahren

sie hört´ ihm zu bis er geendet
dann schluchzte sie und hörte nicht mehr auf
er nahm sie in die arme
ließ den gefühlen freien lauf

und als beinahe sie ertranken
im see der tränen die die braut geweint
gestand sie riesig angst davor zu haben
der heimat fern zu sein mit ihm vereint

darauf vernahm sie seine stimme
unbesorgt könnt man von dannen ziehn
er hätt im sack genügend taler
das glück würd ihnen nimmer fliehn

sie sagt´ sie würde sich nicht trauen
mit ihm durchs land zu streifen
allein des lebens strenge ausgeliefert
sie bräuchte zeit indes zu reifen

geduldig er versucht´ sie umzustimmen
doch irgendwann gab er es auf
ließ sie aus seinen armen gleiten
nun nahm das schicksal seinen lauf

es trug ihn weg in weite ferne
viel weiter weg noch als gewohnt
niemand hat je erfahren
ob dies für ihn sich hat gelohnt

in liebe ertrinken

in einer einsam gelegenen gasse
eine traurig schöne melodie
mein herz mit wehmut füllt

geräusche dringen ins geöffnete fenster
die hören sich an so fern
wie die hoffnung
es könnte sich alles noch
zum guten wenden
und ein gefühl flackert in mir auf
gleich einer kerze
deren docht
im flüssigen wachs der liebe
ertrinkt

einsichten

(1)
um die zukunft nicht sterben zu lassen
bedarf es der fähigkeit
vergangenes sich gegenwärtig zu machen

um in die tiefen der zeit vorzudringen
braucht es den mut
ungeschehenes
geschehen zu machen
als auch die gelassenheit
geschehenes
nicht länger noch anzufechten

(2)
der schmerz den es bedeutete
sich allein in einer welt zu wähnen
in der asche zu asche würde
ohne dass der geist spuren hinterließe
wäre in etwa gleich groß
wie das glück
einen menschen zum freund zu haben
der einem in der not gehör schenkte
und dem
anteilnehmend
freudiges gelingen das herz erwärmte

(3)
die herrschenden hätten keine macht
über die beherrschten
ließen diese sich nicht beherrschen

der beherrschte aber
dem es gegeben ist
sich in seinem zorn
gegen die herrschenden
zu beherrschen
beherrscht nicht nur sich selber
er beherrscht auch die kunst
sich nicht zu unterwerfen
sowohl seinen gefühlen
als auch der willkür der herrschenden

(4)
die folgen der fehler
die wir gestern begingen
warten übermorgen noch auf uns
auch wenn wir morgen so tun
als würden sie uns heute nichts mehr angehen

jenseits der mauer strahlt ein licht

jenseits der mauer strahlt ein licht
sehen konnte ich es bislang nicht
nur der zu sehen es bekommt
der der finsternis entkommt

viele sind es die vor sehnsucht schier vergehen
die dieses licht gern würden sehen
manch einer würde alles geben
dürft er im scheine dieses lichtes leben

eine geschichte man sich gern erzählt
es einen gab der dazu auserwählt
zur andern seite zu gelangen
die häscher ihn nicht konnten fangen

wann immer die geschicht ich höre
ich wünschte dass den mut ich nicht verlöre
den traum von jenem licht zu leben
mich nicht dem dunkel zu ergeben

wenn finsternis mich springet an
gewohntes mich beherrscht sodann
nimmt es die kraft mich zu erheben
aufzubegehren für ein lichtes leben

dann bleibt mir nur die kraft zu glauben
als auch die freiheit mir im geiste zu erlauben
das licht jenseits der dunkelheit zu sehn
ohne das ich könnte nicht bestehn

getrieben

wenn die musik in dir so laut ist
dass du das herzklopfen
des menschen
der dich liebt
nicht hören kannst

wenn du in augen schaust
in denen du liest
wie es ist
in illusionen gefangen zu sein

wenn es dich
von einem garten
in den nächsten treibt
von blüte zu blüte
eine schöner als die andere

wenn es dich unaufhörlich in gefilde zieht
die in ihrer herrlichkeit so mächtig sind
wie dein verlangen
dich vom winde tragen zu lassen
bis ans ende aller zeiten

dann wird die einsamkeit dich verfolgen
wie ein schatten
den du nur aushältst
wenn du ihn dir zum freund machst
für den rest deines lebens

angst vor verlangen

aus den tiefen verborgenen seins
schleudert es feuriges verlangen
wie aus einem vulkan
der jahrhunderte lang schlief

ein erloschen geglaubter stern
strahlt heller als je zuvor
am nächtlichen himmel
und es ergreift mich
abgrundtiefe angst
er könnte herabstürzen
und meine mühsam errichtete welt
in der sich edle gedanken
wie tänzerinnen im winde bewegen
unter sich begraben

tanze mit mir

tanze mit mir
unten am fluss
wo im mondschein
die nymphen
ihr haar zum leuchten bringen
und den zauber der nacht
mit bittersüßer melodie besingen

tanze mit mir
und spüre den geist des verborgenen
der unsere herzen schneller schlagen lässt
als karussells aus kindheitstagen sich drehten
und lauter
als die grellsten schreie machtbesessener oberhäupter
in empfindlichen ohren dröhnten

tanze mit mir
lass uns die erinnerungen
aus nächten vergessen
in denen der mond ins trübe wasser
des mächtigen stromes stürzte
und wir nicht wussten
ob die nacht jemals ein ende nähme

tanze mit mir
lass es sterne regnen
lass das all sich endlos
über unsern köpfen drehen

die suche nach den verlorenen herzen

mit dem moment
da eindrückliches
das vorgezeichnete bild
unscharf werden läßt
gerät die suche nach der wahren erkenntnis
zu einem wagnis
an dessen ende
die einsicht warten könnte
die erkenntnis sei flüchtig wie eine seifenblase
bunt schillernd
und zum platzen verdammt
im augenblick
in dem sie am schönsten
anzuschauen

vielleicht erwachen wir
eines tages aus einem traum
in dem die suche nach der letzten wahrheit
beendet war
als wir unsere verlorenen herzen
wiederfanden

unschärfe

je genauer
die position eines teilchens bestimmt wird
desto ungenauer
lässt sich seine künftige position errechnen

zu klein ist die welt in der wir wandeln
um zu erahnen
wie groß die entfernung zwischen
zwei teilchen eines menschenpaares
einmal sein könnte
die um jeden preis
am gegenwärtigen stand ihrer beziehung festhalten

zu kompliziert scheint
unserem geist
die kräfte zu berechnen
die die liebe am leben erhalten

nicht einmal der wind weiß
wohin es uns treiben wird
noch der regen
wann unser durst nach gewissheit
gelöscht sein wird

allein der tod birgt das geheimnis
wo wir eines tages enden
und in welche gefilde
unsere seelen getragen werden

blutige geister der nacht

wollust quillt aus blutenden poren
wirbelt auf drei beinen tanzend
fragiles glück über gewienertes parkett
bis der morgen die geilheit zerfasert
und schielende zukunft wie pech
an zerlöcherten sohlen klebt

um fünf uhr fünfundfünfzig
erfolgt die abrechnung
was
so frage ich mich
macht das einmaleins der liebe aus
während gitarren um bewunderung wimmern
und die stimme von mick jagger
ins mikro röhrt
this could be the last time

im nachhall
höre ich die mutter mahnen
junge
übernimm dich nicht
es dankt dir keine frau
und der vater flucht erbärmlich im hintergrund
den siebzehnten schnaps
in sich hinein schüttend

regeln und ausnahmen

von der wucht zweibeiniger dampframmen erfasst
gelähmt durch die angst vor drohendem übergriff
erstickt angedachte courage
am giftigen atem zelebrierter gewalt
bis auf ausnahmen

auch im tierreich kann courage
tödlich enden
darüberhinaus herrscht dort
beißhemmung
gegenüber der eigenen art
bis auf ausnahmen

wo regeln im reich der zweibeiner
zu schmückendem beiwerk
fortschrittlichen miteinanders werden
entschuldigt sich der einzelne
für regelwidriges verhalten
wenn ihm die eigene verletztheit
bewusst wird
ohne ausnahme

der hölle des spieles entronnen

samtweichwarme töne
schmeicheln sich schwebend
unter wohlig erschauernde haut
winterlanger druck weicht von augen
und das herz atmet süße stille
die zeit ist gekommen
in der sorgen dahinschmelzen
wie schnee in der mittagssonne

verflogen sind die nächte
verloren die spiele
in denen die sinne fiebernd
teuflisch springender roulettkugel nachjagten
und die letzten jetons
mit schwitzenden händen
und leerem hirn
wurden auf null gesetzt
finsternis
in der nichts mehr ging
und sich alles drehte
am rad des glücks vorbei

küss mich
oh frühling
halte mich fest in deinen armen
mach dass die dunkelheit
nicht neues gift
ins spielerhirn mir drückt

die schöne und der dichter

am rand der siedlung eine junge frau
himmelwärts die arme streckt
frischer tau wie kühler schleier
die goldne haarespracht bedeckt

eine lilie am wegesrand
steht einsam in der mittagsglut
traurig in die sonne schauend
aus ihrer blüte tropfet blut

eine alte frau am tagesende
sitzt am rande der zisterne
schwer auf den stock die hand gestützt
schweift ihr blick in abendliche ferne

ein dichterling nach liebe dürstet
fiebernd in der sommernacht
die frau am rand der siedlung hat
den mann um den verstand gebracht

zum greifen nah wähnt er die schöne
sieht sich die angebetete liebkosen
und hört noch vor dem ersten sonnenstrahle
in seinem herz die brandung tosen

sie gehn gemeinsam durch das leben
so dünkt es ihm nun hand in hand
zwischen ihrer beider herzen
schwebt ein blutigrotes band

am ende schließlich sieht er sich
im schatten einer eiche sitzen
und ihren edlen namen
tief in sein herz sich ritzen

aus seiner brust das blut rasch fließt
er sieht sie traurig in die ferne schauen
die schöne frau an seiner seite
wird himmelwärts ihm eine leiter bauen

der traum vom garten eden

der abend hüllt sich
in dunkles tuch
und du weilst
noch immer
in deinem garten

freude wohnt
in deinem herzen
und du verschwendest
keinen gedanken
an den garten eden

währenddessen sitze ich
in meinem turm
und stelle mir vor
der punkt zu sein
wo parallelen sich treffen
mich sehnend nach einer welt
in der das leiden
relikt der vergangenheit ist

vom himmel schaun
mich kaltschweigend
unbekannte sterne an
und noch ehe der morgen graut
begegnest du mir in einem traum
in dem wir uns so nahe sind
dass uns im schein des neuen tages

schwindelig wird
vom jungen licht
das goldene schatten wirft

sching schang schong

schere fällt haarscharf am rande
in den brunnen
derweil gefaltetes papier
in die lüfte sich erhebt
und stein ins rollen kommt
ohne sich einwickeln zu lassen

immer wieder zieht es mich
hin zur stelle
an der ich abstürzte
bevor dein lächeln
mich in die welt der freude zurückholte
und der tanz zwischen licht und schatten
von vorn begann

vielleicht werde ich
eines tages
am rande des brunnens stehen
und frei von ängsten
hinabschauen
schingschangschong im herzen

die goldene stadt

im geiste stehe ich am ufer
höre steine am grunde des flusses rollen
mystischer gesang erfüllt die gassen
in denen der geist des k. sich verirrt hat
und der golem gelegentlich
das licht der welt erblickt

ein halbes leben ist es her
als ich über die brücken der goldenen stadt wandelte
in den goldenen westen hinein
und drei schwarze schwäne fliegen sah
zehrende sehnsucht
banges warten
schüchternes hoffen

die frau auf die ich wartete
wollte nicht kommen
die hoffnung zerschlug im goldenen westen sich
das warten hatte ein ende
die sehnsucht wich ernüchterung

noch immer höre ich
am grunde der moldau steine rollen
und mystischer gesang erfüllt
mein herz und meine seele nun

kindheitstraum

ich sehe mich
fernsehen
und frage mich
wo ist meine weitsicht geblieben
und meine einbildungskraft

ich sehe mich
im spiegel meiner kindheit
und frage mich
wo ist meine unbekümmertheit geblieben
und meine sorglosigkeit

ich sehe mich
in einem traum
als kind
im fernsehen

ich sehe mich
wie ich bin
ohne mir zu wünschen
ich könnte so sein
wie ich sein sollte